# Carcelera Nazi Dominante (Interracial)

## Dominación y sumisión erótica

# Erika Sanders

Carcelera Nazi Dominante
(Interracial)


Erika Sanders
Serie
Dominación y sumisión erótica

ERIKA SANDERS

# Sinopsis

París finales de 1940.

Sede de la Gestapo.

El departamento FEM1 es el departamento donde se interroga a las presionaras capturadas por la Gestapo.

Vicky es la jefa de un departamento compuesto exclusivamente por lascivas mujeres a la que notifican la llegada de una nueva prisionera...

**Carcelera Nazi Dominante** es una novela de fuerte contenido erótico BDSM y, a su vez, una nueva novela perteneciente a la colección Dominación Erótica, una serie de novelas de alto contenido BDSM romántico y erótico.

(Todos los personajes tienen 18 años o más)

# Nota sobre la autora:

Erika Sanders es una conocida escritora a nivel internacional, traducida a más de veinte idiomas, que firma sus escritos más eróticos, alejados de su prosa habitual, con su nombre de soltera.

# Índice

# CARCELERA NAZI DOMINANTE
## ERIKA SANDERS

Sede de la Gestapo en París

Departamento FEM1

Miércoles 30 de octubre de 1940 8:00 de la mañana.

Me desperté abruptamente, dolorida por todas partes.

Los músculos de mi cuello me estaban matando y me sentía mareada.

La luz de la mañana, que entraba por la ventana, iluminando mi escritorio y mi cara.

Cerré los ojos y los froté con fuerza.

Debo haberme quedado dormida durante la noche mientras revisaba un montón de informes que habían llegado el día anterior.

Una mirada al espejo reveló la cara de cansada de una linda muchacha de diecinueve años con ojos y cabello castaño oscuro que parecía que no había dormido lo suficiente durante días.

Lamentablemente, el espejo nunca miente.

Había estado trabajando durante quince horas cada día durante las últimas tres semanas debido al hecho de que una gran red de espías había quedado expuesta.

Mi padre se mantuvo muy alto en la jerarquía del partido nazi en Berlín y, como resultado, fui nombrada jefe de gabinete del departamento FEM1 de la Gestapo en París.

Nuestro departamento constaba solo de mujeres y era responsable de interrogar a las mujeres cautivas.

Mi rango era de teniente y bajo mis órdenes directas había dos sargentos con el nombre de Michelle y Kat, ambas de la edad de veinte años.

Michelle era francesa con el pelo largo y oscuro y hermosos ojos penetrantes.

El tamaño de su copa era 90 C, igual que el de Kat, y era delgada y atlética.

Por otro lado, Kat era holandesa con cabello largo y rubio, ojos azul verdoso y pantorrillas perfectas.

Ella era unos centímetros más alta que Michelle y pesaba unos pocos kilos más.

Ambas tenían grandes culos apretados y las piernas más largas de París, que yo supiera.

Yo era un poco más alta Kat y el tamaño de mi copa era 95 B.

Una mirada a mi escritorio reveló la presencia de un nuevo documento.

Alguien debe haberlo traído durante mi descanso y haberlo dejado allí.

El documento se refería a la transferencia de una mujer cautiva que había sido atrapada durante una redada de la Gestapo a un café parisino.

La prisionera en cuestión parecía ser una ciudadana estadounidense de veinticinco años, residente de Nueva York, y ella era ... ¿negra?

Inmediatamente fruncí el ceño y pensé que eso se estaba volviendo muy interesante.

El archivo adjunto en el documento decía que debía interrogar al sujeto y extraer cualquier información valiosa por cualquier medio disponible.

Descolgué el teléfono y ordené a Kat y Michelle que se cambiaran de ropa y que me encontraran en el sótano.

También me cambié rápidamente y bajé las escaleras que conducían al sótano.

Michelle y Kat ya estaban allí, vestidas con sus atuendos "de interrogatorios".

Cada una llevaba una máscara de cuero negro con aberturas para los ojos, la nariz y la boca.

Sus cabellos estaban atrapados en una cola de caballo detrás de sus cabezas.

Los corsés de cuero negro se apretaban alrededor de sus delgados cuerpos, haciendo que sus pechos desnudos aparecieran como gemelos picos de montañas carnosas.

Llevaban guantes negros de cuero en los codos y alrededor de sus brazos derechos había una banda elástica roja y blanca con una esvástica negra en el medio.

Pequeñas cuerdas de cuero negro, casi inexistentes, cubrían sus entrepiernas y dejaban sus culos totalmente expuestos.

Ambos llevaban medias negras de nylon y botas Wehrmacht.

"Traigan a la prisionera y átenle las manos en esas cadenas colgantes", les ordené.

"Ja, mi Ama" ambas exclamaron.

La trajeron y aseguraron sus manos levantándolas en las cadenas colgantes.

Me tomé mi tiempo y la inspeccioné de arriba a abajo a fondo.

Parecía no más de un metro sesenta altura y unos sesenta kilos.

Sus ojos negros en forma de almendra reflejaban la luz artificial del sótano como espejos mágicos y su nariz era de una típica afroamericana.

Una boca bastante grande con carnosos y suculentos labios húmedos traicionó su deseo desenfrenado de placer oral.

Su cabello negro hasta los hombros era largo y liso con largos rizos al final.

Llevaba un apretado vestido floral largo y amarillo que resaltaba las dimensiones perfectas de su cuerpo.

Con todo, ella era una pequeña chica de chocolate y estaba segura de que mis chicas disfrutarían de este plato exótico a su gusto, ya que nunca antes habían tenido la oportunidad de conocer gente de color.

"Me gustaría que me informaran de la razón de mi arresto. Soy ciudadana estadounidense y no tienes derecho a mantenerme aquí. Las condiciones de mi detención son absolutamente escandalosas. No he dormido, comido y bebido en muchas horas Deberías haber informado a la embajada estadounidense sobre mi captura y exijo ... " ella trató de protestar.

"¿Exiges? ¿DEMANDAS? No estás en condiciones de exigir nada. ¿Te das cuenta de cuál es tu situación? Te acusan de ser una espía y esto solo conlleva la sentencia de muerte. Así que será mejor que comiences a hablar, porque no tengo mucho tiempo a mi disposición "le grité.

"Debe haber un error en sus informes. Estoy segura de que me ha tomado por otra persona. Es mi primer viaje a Europa y visité París por sus atracciones nocturnas. Me quedé atrapada aquí cuando estalló la guerra y no pude encontrar la manera de regresar a casa. Su policía me arrestó mientras hablaba con un hombre que organizaría mi viaje de regreso. No sé nada más ".

"¿Cuál es tu nombre?" Le pregunte a ella.

"Mi nombre es Gina, teniente", dijo.

"De ahora en adelante me llamarás la Señora Vicky. ¿Eso se entiende?" Dije y al mismo tiempo la abofeteé fuerte.

"¡Ouch! ... Sí ... Sí ... Señora ... Vicky ..."

"Escucha, perra degradada. Vas a contarme todo en detalle. No quiero desperdiciar mi valioso tiempo contigo. Dame nombres, ubicaciones, códigos y todo lo demás requerido. Prometo no dañarte y dejar que vayas cuando terminemos o descubrirás lo cruel que puedo ser ". Le dije mientras tiraba de su cabello.

"Aaaahhh ... lo juro por Dios ... Yo no sé ... nada ... por favor ..."

"¿Quieres jugar duro? Ya veremos sobre eso. KAT Y MICHELLE SE OCUPARAN DE TU ROPA AHORA. ¡DESNÚDENLA COMPLETAMENTE!" Ladré mis órdenes.

Kat y Michelle con ojos salvajemente brillantes se lanzaron sobre su víctima indefensa y comenzaron a romper su vestido en pedazos.

Gina retorcía su cuerpo desesperadamente mientras unos dedos versátiles le arrancaban el vestido, el sujetador, la correa, el liguero y las medias de nylon sin piedad.

Terminó usando solo un par de tacones blancos y nada más.

Parecía que la pequeña muestra de mi autoridad sobre Gina no había dejado a nadie sin afectar.

Los pezones hinchados de color rosa pálido de Kat competían con los hinchados y marrones de Michelle en términos de belleza, tamaño y dureza.

Los ojos de Michelle estaban fijos en la reluciente hendidura peluda de Gina y su lengua humedecía sus carnosos labios, mientras que Kat acariciaba los magníficos pezones de Michelle con su mano derecha mientras que la izquierda estaba enterrada entre sus muslos lechosos.

"¿Te gusta lo que ves Michelle?" Yo le pregunté.

"Sí, señora, es tan hermosa e indefensa", dijo Michelle.

"¿Te estás excitando por un sucio coño negro?" Grité

"Sí, señora ... Umm ... Nooooo ... no lo estoy ..." Michelle intentó disculparse.

"¿HAS OLVIDADO QUE PERTENECES A LA RAZA ARIANA? Estamos destinados a gobernar el mundo. Está en nuestros genes imponer nuestra supremacía y reglas a los demás. Debemos esclavizar al mundo entero y traer el amanecer de una nueva era. ¡La era del NUEVO ORDEN! No habrá otros maestros que nosotros. Negros, amarillos, rojos están obligados a servir y trabajar para la gloria del tercer Reich".

"Mira y dime qué hay en común entre tú y esa perra. Usted y Kat pertenecen a los mejores ejemplos que nuestra raza tiene para mostrar. Kat es alta, blanca e inteligente; parece una Valquiria del norte, llena de poder y gloria, lista para matar a sus enemigos, ¡y lo está!

"Te pareces a tus grandes antepasados gaélicos que nunca dejaron de luchar valientemente contra todos sus numerosos enemigos, contra viento y marea. Esos grandes hombres y mujeres han dejado su marca indeleble en ti. ¿No puedes verlo? ¿No puedes sentirlo? ¿No has leído cómo luchaban, defendiendo su cultura, sus familias y su país?"

"¿Estás segura de que quieres compararte con esta gente que pasan todo su tiempo corriendo desnudos y apareándose rodando en el barro? ¿Qué saben sobre cultura y civilización? Absolutamente nada. Incluso mi Dóberman los supera a todos con extrema facilidad."

"Tu nación ha criado a tantos grandes hombres y mujeres que contribuyeron tanto al mundo que no tendría sentido referirse a sus logros. Estás deshonrando tu legado. ¡Me estás asqueando! "

"Lo siento, señorita Vicky, no quise decir lo que dije antes. Humildemente le pido que me perdone. Por favor, señora, se lo ruego. No me envíe al pelotón de fusilamiento. Yo ... le haré cualquier cosa para complacerla como siempre lo hago ... Por favor ... "rogó Michelle.

"Eres muy afortunada Michelle porque tengo en mi corazón mucho amor por ti. No te reportaré a mis superiores, pero te concederé el deseo que estabas buscando. Te doy la oportunidad de servir a ese miserable ano y coño usados. EN TUS RODILLAS Y LÁMALE EL CULO, ¡¡¡PERRA!!! " Le grité y desabotoné la chaqueta de cuero negro hasta la rodilla de mi oficial.

Michelle se arrodilló y se arrastró hasta la espalda de Gina.

Me deshice de mi chaqueta y me quedé allí con las piernas separadas y las manos en la cintura.

Llevaba un corsé de cuero negro que no tapaba el pecho, con tirantes, y un par de guantes a juego.

Cuatro hileras de cadenas metálicas, con sus bordes unidos a cada correa, cubrían mis senos desnudos y una correa de cuero sin entrepierna abrazaba mis caderas firmes.

También llevaba botas de cuero hasta el muslo con tacones de aguja.

Michelle comenzó a acariciar y besar el perfecto culo negro de Gina con impaciencia.

Sus manos abrían y cerraban sus nalgas con lujuria sin freno.

Estaba amasando, masajeando, besando y lamiendo esas esferas negras, en ese orden, sin prestar atención a nada más.

Su lengua se estaba volviendo loca en la grieta del culo de Gina, provocando el agujero negro con la punta implacablemente.

Incluso metió la nariz dentro e inhaló el aroma almizclado de su ano.

"Kat, quiero que azotes el trasero de Michelle sin remordimiento. Enséñale una lección. Disciplínela como yo lo haría", le dije con total disgusto.

"Mmmmm ... Ciertamente lo haré Ama ... Es un placer" respondió Kat alegremente.

"¡Haz que ese trasero se ponga rojo! ¡Castiga y ara su audaz trasero con el instrumento de destrucción! ¡Quiero ver su piel blanca y aterciopelada derramando lágrimas de sangre!" La incité.

"Ja. Ama."

Obedientemente, Michelle levantó su trasero y esperó lo inevitable, aunque siguió empujando su ágil lengua roja dentro del canal anal de Gina.

Ella debía haber estado haciendo un gran trabajo porque Gina jadeaba y mecía su pelvis incontrolablemente.

Kat se colocó detrás de Michelle e infligió el primer golpe al voluptuoso trasero de Michelle.

Sus costados se retorcieron y dejó escapar un pequeño gemido dentro del culo de Gina.

Kat volvió a golpear y Michelle mordió con fuerza la carne de culo de Gina, que a su vez gimió y arqueó la espalda.

Me acerqué a Gina y comencé a enrollar sus hinchados pezones marrones entre mis dedos índice y pulgar.

Ella gritó en agonía y la abofeteé muchas veces.

Luego ahuequé sus senos y los amasé con fuerza.

Me tomé un tiempo abusando de sus tetas mientras la miraba a los ojos.

Mientras tanto, Kat estaba azotando el culo de Michelle con gran experiencia y muchas ronchas rojas habían aparecido en su piel maltratada.

Michelle nunca dejó de joder el culo de Gina, a pesar de que su trasero sufría mucho por la lluvia de golpes de Kat.

"¿Tienes algo que decirme?" Le pregunté a Gina irónicamente.

"Mmmmmm ... ¡Ay! ... Oohhh ... te ... te dije ... no sé nada ... por favor ..." gimió.

"Entonces, estás insistiendo en tu historia. Muy bien, continuaré entonces".

"¡Kat! Deja de frotarte el coño y concéntrate en tu deber. Ponte el falo grande y folla el culo de Michelle. ¡AHORA!"

Mientras Kat se sujetaba el arnés con falo grande de veinte centímetros de largo y siete centímetros de ancho a la cintura, agarré un látigo de cuero de cinco colas de la mesa cercana.

Luego comencé a azotar las pequeñas tetas de Gina, asegurándome de golpear sus pezones duros con cada golpe también.

También estaba insultándola con nombres como puta barata, coño usado, negra, perra sucia, ano sucio y otros.

Kat se colocó detrás de Michelle y se sentó a horcajadas.

Dobló las rodillas, dejó a un lado la cuerda de cuero de Michelle y guió la cabeza del falo a la entrada de su ano.

Para entonces, Michelle estaba de rodillas y besando y lamiendo los tobillos de Gina.

Kat empujó con fuerza y plantó su "pene femenino" dentro de la apretada abertura anal receptiva de Michelle.

Michelle sacudió su cabeza, lanzando su cabello al aire, y gimió de dolor mientras Kat agarraba sus costados con sus manos, usándolas como anclas para estabilizarse.

Kat luego procedió a follar por el culo a Michelle violentamente al tomar un ritmo rápido y constante.

Mientras azotaba las alegres tetas de Gina, noté que su montículo peludo y su hendidura estaban empapados.

Su clítoris rojo sobresalía de su capucha negra, estimulado demasiado por la acción en curso.

La puta de chocolate debe haber estado disfrutando lo que estaba pasando.

Inmediatamente volví mi atención y comencé a azotar su barriga y sus muslos.

Las correas de cuero de mi látigo abrazaban salvajemente cada curva de su cuerpo como lenguas de serpientes, dejando sus marcas innegables por todas partes.

Incluso su clítoris hinchado quería compartir su pasión, ya que se estaba extendiendo en un esfuerzo laborioso para recibir el castigo que tan desesperadamente necesitaba.

Unos pocos golpes bien dirigidos en su botón sensible satisficieron completamente esa búsqueda perversa de alivio, a pesar de que el dolor insoportable era el precio que tenía que pagar.

"Agua ... por favor ... dame un poco de agua ... tengo tanta sed ... Ama", suplicó Gina.

"Solo si me das lo que te pido, cumpliré tus peticiones. ¿Estás lista para hablar?" Dije.

"Por favor ... no soy una espía ... solo ... una turista ... yo ... necesito ... agua"

Me puse pálida y me quedé allí inmóvil y sin palabras.

Me imaginé de pie frente al pelotón de fusilamiento ... luego un fuerte golpe ... abrazándome y mordiendo la tierra oscura ... mi papá me daba el golpe de gracia (golpe final) con su pistola ...

Eso era no tener valor.

La escoria había demostrado ser una nuez muy difícil de roer.

Mi vida no valdría un centavo si fallaba en mi deber.

Miré al piso y vi a Kat y Michelle haciendo el amor apasionadamente.

Michelle estaba acostada en el piso con las piernas abiertas y Kat encima estaba golpeando con el falo su coño hirviendo como un alma condenada.

Estaban presionando sus pezones excitados una contra la otra y sus lenguas rojas estaban enredadas en un vals frenético.

Kat y Michelle no podrían preocuparse menos por mi futuro.

La sangre dentro de mis venas comenzó a hervir y mi vista se estaba volviendo más y más oscura.

No podía decidir qué quería hacer primero.

¿Debería estrangular lentamente a Gina, con mis propias manos, muy lentamente?

¿O comenzar a patear los traseros de Kat y Michelle sin parar?

"¡Kat y Michelle detengan lo que están haciendo y vengan aquí! ¡AHORA! ¡Aflojen las cadenas de Gina y prepárense!" Les ordené.

Hicieron lo que se les dijo y Gina cayó de rodillas con las manos aún levantadas.

"Michelle, nuestra prisionera tiene sed. Dale tu néctar".

"Ciertamente Ama".

Michelle acercó su pelvis a la boca de Gina y tiró de su ropa interior de cuero a un lado. Ella separó sus pétalos de rosa y dejó ir su orina humeante y salada.

Gina abrió su gran boca y sacó la lengua cuando Michelle estaba guiando su flujo de orina justo dentro de su garganta sedienta.

Estaba tragando el río amarillo de Michelle ansiosamente mientras su lengua atrapaba en el aire cada gota que no alcanzaba su objetivo.

Kat se acercó y comenzó a orinar en Gina también.

Le estaban bañando con sus fluidos dorados la nariz, los ojos, la boca y las tetas.

Gina se volvió loca mientras intentaba tragarse los torrentes de orina de Kat y Michelle simultáneamente porque no quería perderse una sola gota.

Después de terminar de orinar, Michelle pegó su coño mojado en los labios de Gina.

Inmediatamente Gina comenzó a lamer y mordisquear sus pétalos de terciopelo, chupando profundamente y tragando fluidos de amor y orina.

Envié a Michelle a ponerse un consolador negro de dieciocho centímetros y Kat tomó su lugar en el acto.

Gina abrió la boca tanto como pudo para acomodar el falo grande de Kat.

Kat guió su "pene femenino" dentro de su garganta y comenzó a mover sus caderas de un lado a otro.

Gina tuvo náuseas un par de veces, pero lo siguió tragando.

Rápidamente se acostumbró a sus increíbles dimensiones y, a su vez, comenzó a menear la cabeza, encontrándose los empujes de Kat a la mitad.

Le ordené a Kat que se acostara en el suelo y coloque su pelvis entre los muslos de Gina.

Ella lo hizo y puso su "falo" en posición vertical.

Gina literalmente saltó sobre él y su acalorado coño negro lo envolvió de inmediato.

Estaba balanceando su cuerpo demasiado rápido con la herramienta dura de Kat y sus tetas se balanceaban hacia arriba y hacia abajo siguiendo el ritmo de sus movimientos.

Michelle agarró el cabello de Gina y la hizo inclinarse.

Gina yacía completamente sobre Kat y sus senos entraron en contacto.

Michelle se arrodilló detrás y abrió los gluteos de Gina.

Ella disfrutó la vista del culo de Gina por un momento y luego puso allí la cabeza de su consolador negro.

Michelle empujó con fuerza y pasó la cabeza por el reticente esfínter de Gina con dificultad.

Gina, a su vez, gritó cuando sintió que su trasero era penetrado violentamente.

Parecía que el grito de Gina era la señal para que Kat y Michelle se volvieran locas.

Michelle comenzó a golpear el culo de Gina como una perra en celo y Kat estaba empujando su pelvis perforando el coño estirado de Gina mientras sus manos le pellizcaban sus pezones.

Con dos herramientas trabajando sus agujeros como pistones bien lubricados, Gina no tuvo más remedio que sucumbir.

"¡¡¡¡¡¡¡¡¡¡¡¡¡¡¡¡¡¡¡¡¡¡¡¡¡¡¡¡¡¡¡¡¡¡¡¡¡¡Oh, Dios! ¡Soy una puta! ¡POR FAVOR ... FOLLÉNME ... AMBAS... USTEDES A LA VEZ! QUIERO SER ... UNA PERRA NAZI ... YO ... QUIERO ... LES DIRÉ ... TODO ... SOLO ... SIGUAN FOLLÁNDOME ... POR FAVOR!!! OHHH ... ME VOY A CORRER!!!!!!!!!!! "

"Sé que lo harás" dije con una gran sonrisa en mi rostro.

# FIN

# RECIBIMIENTO SALVAJE
## ERIKA SANDERS

Susan estaba acostada en el sofá pensando en su pareja.

Ella lo amaba con todo su corazón y su sueño era que él le hiciera todo lo que quisiera con los juegos previos.

Lamerla y chuparla hasta que valiera la pena morir por su nivel de éxtasis.

Luego follarla con el sexo más poderoso que la creación.

Era una noche tan aburrida.

Susan estaba acostada en el sofá en sostén y bragas rosas de seda viendo una película.

Pero Susan estaba pensando en su novio, su hermoso cuerpo, ojos verdes y cabello castaño oscuro.

La lengua de Susan asomó por sus labios mientras pensaba en él, la lujuria llenaba su mente y cuerpo.

Justo en ese momento, Susan escuchó la puerta abrirse, finalmente él estaba aquí.

Emocionada y húmeda, saltó y corrió hacia la puerta.

Allí estaba parado con sus jeans y una camiseta blanca.

Entró en la habitación notando los hermosos y agitados pechos de Susan, ya que casi se caían del sujetador por su emoción.

Agarrándola por la cintura, atrajo a Susan hacia él y la besó profundamente.

"Estoy tan jodidamente cachonda", susurró Susan con su cálida y húmeda boca. "Fóllame ahora".

No necesitando una segunda invitación, empujó a Susan hacia la mesa de la cocina.

Se quitó la camiseta y apagó las luces oscureciendo la habitación.

Susan yacía sobre la mesa, sus pezones ahora asomaban a través de su sostén blanco y se formaba una mancha húmeda en sus bragas a juego.

Se acercó a ella, formando un bulto en sus jeans.

Se inclina sobre Susan besando suavemente su vientre, lamiéndolo todo.

Susan jadea de placer y sus manos agarran su cabeza para acercarlo.

Él continuó lamiendo y besando su vientre, de vez en cuando bajando hacia su coño, aún cubierto por las braguita, para soplar aire caliente sobre ella.

Él agarra su ropa interior con los dientes, tirándolos hacia abajo en un movimiento rápido.

Las arroja sobre la mesa y olfatea sus pubis.

Susan comienza a gemir y a respirar pesadamente.

Enterrando su rostro en su coño mojado, él levanta la mano para quitarle el sujetador.

Los pechos turgentes de Susan se derraman sobre sus suaves manos.

Lamió suavemente la hendidura de Susan una vez más antes de acercarse al refrigerador.

Al abrirlo, sacó un tazón de fresas. Tomó dos de ellas, colocando una en el vientre de Susan y el otra entre sus senos.

Lamió la fresa en su ombligo, comiéndosela después.

Él continuó lamiendo su cuerpo de abajo a arriba y finalmente pasó a la siguiente fresa.

Lamiendo el escote de Susan, él mueve la fresa hacia arriba y hacia abajo entre sus senos.

Susan gime ante la sensación inusual.

Continúa moviendo la fresa cada vez más abajo por el cuerpo de Susan, hasta que llegó a su coño empujando la fresa con su lengua.

Susan jadeó y él pudo ver que su coño se contraía con la fresa cubierta con sus jugos.

Empujó la fresa más adentro de su coño.

La cubrió con la boca chupando suavemente hasta que la fresa estuvo nuevamente en su boca; ahora cubierta con jugos del coñito de Susan.

Sorbiendo la fresa, se la comió y se movió para darle la vuelta a Susan sobre su estómago.

Con su trasero en el aire, lo acarició.

Golpeó suavemente a Susan en el culo, antes de zambullirse hacia su trasero y lamerlo, dejando chupetones por todo el trasero.

Cerca había un tarro de miel, metió el dedo y lo untó sobre los labios de Susan.

Luego metió la lengua profundamente dentro de ella haciendo que Susan gimiera.

Él sorbió su lengua profundamente en su coño.

Gimiendo en voz alta, Susan dijo:

"Fóllame ahora".

Se quitó los jeans, con su polla a punto de estallar.

Ahora desnudo, su polla sobresale grande y fuerte.

Él agarró a Susan, pasando sus manos sobre sus muslos internos colocando su polla justo en su entrada.

Él frotó su cabeza contra su humedad; suavemente, separó los labios y deslizó la cabeza de su miembro suavemente.

Un gemido escapó de los labios de Susan cuando sintió la punta de su miembro entrar en ella.

Susan gimió más fuerte, mientras deslizaba el resto de su enorme polla dura en su coño.

Mientras todo él la llenaba, ella apretó las paredes de su coño, con lo que un gemido ahora llegó de él.

Comenzó a bombear su polla dentro y fuera del coño de Susan, conduciendo más y más con cada golpe.

Él continuó golpeando su coño haciendo que Susan gimiera cada vez más fuerte.

Agarrando sus muslos, golpeó con más fuerza que nunca, gruñendo mientras invadía el cuerpo de Susan con su enorme polla.

Susan gritó:

"Eso se siente tan bien bebé, fóllame más fuerte".

Él golpeó más fuerte con su polla en el coño de Susan, sintiendo la acumulación de semen en la base de su polla.

Sus bolas golpeando el trasero de Susan con el movimiento de él.

Susan dejó escapar un largo gemido y comenzó a tener un orgasmo salvaje, su coño apretando su polla, por lo que él también comenzó a tener orgasmo.

El semen se vomitó de su polla, el primer chorro entrando en el coño de Susan.

Pero él se retiró dejando que el resto rociara su cuerpo.

Justo cuando su orgasmo comenzó a disminuir, él metió los dedos en su coño bombeándolos rápidamente, enviando a Susan al orgasmo nuevamente.

Gimiendo y moviéndose por toda la mesa, Susan lo jaló sobre ella y lo besó profundamente.

Su sudor y semen se mezclaron por los dos cuerpos.

Después de relajarse ambos él dijo:

"Da gusto ser recibido así".

# FIN

# TRAICIONADA
# ERIKA SANDERS

# CAPÍTULO I

Becky oyó el ruido de la llave en la cerradura.

Bajó corriendo las escaleras, encendió la luz del pasillo y abrió la puerta.

Jack estaba allí bajo la lluvia, con la capucha puesta sobre su cabeza, la llave se detuvo en su mano mientras sus ojos oscuros la miraban fijamente.

"Oh, Dios mío, has venido", dijo Becky con alegría.

Ella saltó hacia adelante y pasó sus brazos alrededor de sus hombros abrazándolo, sintiendo la lluvia que cubría su abrigo filtrarse en la parte superior de su ropa tan ajustada.

A ella no le importaba.

Su hombre estaba aquí y eso era todo lo que importaba.

Ella liberó a Jack de abrazo efusivo y puso sus manos empapadas en su cara.

Su expresión seria no había cambiado.

"¿Qué pasa?", Dijo ella.

"Necesitamos hablar."

Becky sintió que su estómago se estremecía, pero se hizo a un lado para dejar que Jack entrara y se quitara las botas mojadas.

Entró en la sala de estar, frotándose los brazos nerviosamente mientras esperaba que Jack le diera las malas noticias, fueran las que fuesen.

A continuación, entró él en la sala de estar, aun con una expresión grave en su rostro demacrado.

"Ponnos una copa por favor", dijo.

Becky se acercó al carrito de licores y sirvió dos brandies.

Le temblaba la mano cuando le tendió uno de los vasos y bebió el suyo rápidamente.

Jack se acercó al sillón con los calcetines bastante húmedos.

La imagen que daba así era un poco cómica.

Ella se hubiera reído si no fuera porque el momento era bastante tenso.

Él se sentó en el borde del asiento, sin acomodarse, sin quitarse el abrigo mientras se preparaba para dar las malas noticias.

Tomó un gran sorbo de brandy antes de hablar.

"Ella lo sabe todo sobre nosotros", dijo después de tomar el licor con un suspiro final.

Becky sintió que sus rodillas se debilitaban, su corazón se aceleraba.

Se sirvió otra copa de brandy.

Caminó hacia el sofá que estaba frente a Jack y se sentó.

"¿Cómo?" Dijo después de otro trago del líquido tibio.

"Le dije."

Becky frunció el ceño.

"¿Le dijiste? ¿Para qué diablos?

"No pude aguantar más".

Becky se levantó.

"Por favor dime que estás bromeando, Jack".

Él sacudió la cabeza negándolo.

"¿Por qué le dirías a tu esposa que estás engañándola?"

Jack levantó la vista de debajo de sus pobladas cejas que le hacían parecer como un travieso cachorro.

"No pude verla estando indiferente y tranquila mientras continuaba escondiendo nuestro sucio secreto".

'Nuestro sucio secreto ¿Eso es todo lo que es para él?' Pensó Becky.

"Bueno, ¿qué dijo ella?", Dijo Becky, haciendo como que no había escuchado el ultimo comentario mientras caminaba de un lado a otro de la habitación.

"Ella está dispuesta a darnos otra oportunidad. Si esto se detiene ".

Becky dejó de caminar y miró la cara de Jack.

"¿Nos? ¿Quieres decir que tú y ella están juntos después de contárselo? "

Jack asintió.

"¿Vas a dejarme así sin más? ¿Porque ella lo dice? "

"Ella es mi esposa."

"¿Y qué era yo?"

"Tú sabes lo que era esto. Te dije que nunca dejaría a mi esposa. Esto siempre fue sexo entre tú y yo ".

'Tú sabes lo que era esto. Pasado. Ya había terminado en su mente. ¿Cómo ha podido hacerme esto?'

A pesar de que él había dicho que nunca iba a dejar a Mary, Becky pensaba que lo podría convencer de que ella era realmente la mujer que él necesitaba.

¿Y no es así?

Parecía que no.

Jack había terminado su bebida y se había levantado para irse.

Becky se acercó a él.

"¿Eso es todo, entonces?", Dijo ella, mirándolo con enojo. "¿Me lo dejas caer así y te vas?"

Jack suspiró mientras la apartaba para dirigirse hacia el pasillo.

"Becky, tengo hijos", dijo, exasperado ahora.

Oh, no, él no se iba a salir así de fácil de esto.

Antes todo eran cumplidos y mensajes burlones y eróticos, con muchos besos al final para tenerme encantada.

Eso es lo que hacen todos, para obtener lo que quieren.

Luego, cuando ya han tenido suficiente, se ponen a la defensiva y tratan de deshacerse de ti.

El verdadero rostro de Jack se mostraba ahora.

Ella no había sido más que una pieza de carne para él, una cogida fácil.

Una escoria.

Una puta.

Esa era la forma en que los hombres siempre la habían tratado. Jack no iba a ser diferente.

"¿Y eso qué? Mucha gente se divorcia hoy en día. Los niños lo superan. Siguen teniendo a los dos padres ", dijo ella con frialdad.

"Son niños, Becky", espetó Jack. "Necesitan una familia. Seguridad. Un papá que siempre está cerca. No uno que aparece un par de veces a la semana ".

¿Y yo que? pensó ella algo egoístamente.

La mujer que no puede tener hijos.

La mujer que siempre y siempre será permanentemente estéril, incapaz de darle una familia a un hombre.

El fenómeno.

La rara.

La que solo es buena para divertirse, para joder.

¿Quién la amaría realmente?

"Iré a tu casa", amenazó. "Le diré lo que hicimos. Cómo me llevaste al bosque en tu auto y me follaste en el asiento trasero. Donde sus hijos se sientan cada día en el viaje a la escuela. Cómo me llevaste al mismo restaurante en donde le propusiste matrimonio a ella. A ver si ella cambia de opinión entonces ".

Jack se giró en la entrada, sus dedos dejaron la capucha que estaba a punto de levantar sobre su cabeza.

"No lo harás".

"Mírame."

Becky vio, por primera vez, una mirada en los ojos de Jack que había visto en muchos hombres antes.

Asco.

Lo que habían tenido entre ellos, lo que fuera que había sido para él, se había ido.

Ella sabía que nunca recuperaría eso.

Su labio superior se curvó cuando se colocó la capucha sobre la cabeza y se inclinó para agarrar sus botas.

Becky sintió que la calidez se desvanecía de su carne, volvía la fría sensación de quedarse atrás.

Abandono.

Ella lo había sentido demasiadas veces antes.

"No puedes simplemente dejarme, Jack", suplicó, sintiendo el familiar chorro de lágrimas que salía de sus ojos.

"Se acabó", dijo bruscamente, su voz enroscada por la ira.

"No me hagas esto, Jack. ¡Por favor!"

Él anudó el encaje de su bota y se enderezó, mirándola desde debajo del refugio de su capucha.

"No te acerques a mí ni a mi familia nunca más. Si lo haces, llamaré a la policía ".

Levantó su mano y dejó caer su llave en el piso.

La llave que ella le había dado con la esperanza de que él viera esto como su verdadero hogar, en el que eventualmente llegaría a vivir en forma permanente.

Fue la última puñalada en su corazón.

Tiró de la puerta y dio un paso rápido hacia el jardín.

Becky estaba de pie en el felpudo, con las mejillas brillando teñidas de lágrimas bajo la luz brillante del salón, observando cómo su alta silueta avanzaba a zancadas a través de la lluvia.

Lejos de ella.

De vuelta a su familia.

Fuera de su vida para siempre.

# CAPÍTULO II

Becky miró el interior de su vaso y sintió que la cabeza le daba vueltas.

El whisky dejó un sabor agrio y amargo en su lengua.

Con los dedos temblando sobre el vaso, ella lo levantó y lo arrojó a la pared de la chimenea.

Chocó con el espejo, haciendo que fragmentos de vidrio explotaran y luego cayeran en cascada sobre el suelo y la gruesa alfombra.

Ella saltó del sofá y marchó hacia el teléfono.

Las lágrimas brotaron de sus ojos cuando agarró el auricular, pero se dijo que no iba a llorar más.

Ella se mordió los labios, marcando con determinación el número.

Después de unos momentos, respondió una brusca voz masculina.

"¿Hola?"

"Harry, soy Becky", dijo, sofocando su embriaguez con un resoplido.

"¿Becky? Jesús, ¿para qué llamas en este momento? Son las dos de la mañana ".

"Lo siento. Es solo que ... necesito estar con alguien ".

"¿Qué? ¿En este momento?"

"Sí."

Oyó un crujido en el otro extremo de la línea, el crujido de la garganta seca por los cigarrillos de Harry mientras se movía alrededor de la cama.

"¿Realmente me estás despertando por un polvo en mitad de la madrugada?"

Becky sintió un nudo en el estómago ante sus palabras.

¿Y si ella realmente no necesitara a alguien para satisfacerse?

Sin embargo, a Harry no le importaba eso.

Solo era un hombre típico con solo una cosa en mente.

Ella paró la tentación de explotar.

"¿Por qué no? Es un momento tan bueno como cualquier otro ", dijo algo agitada.

"Tengo que estar despierto a las seis".

"¿Y qué? Puedes dormir mañana por la noche. Y al menos irás a trabajar satisfecho en lugar de bostezando ".

"Estoy destrozado ahora mismo. Lo única forma de no ir bostezando a trabajar es unas cuantas horas más de sueño y no de ejercicio ".

Becky pellizcó sus labios frustrada y agarró sus cigarrillos que estaban colocados junto al teléfono.

Encendió uno y dio una larga y profunda chupada, luego se frotó la sien con el pulgar mientras soltaba el humo espeso.

"Te haré lo que quieras", dijo, y la nicotina le dio suficiente fuerza para intentar seducirlo.

"¿El qué?", Dijo Harry.

"Te meteré mi lengua por tu culo. Te comeré como un hombre se come a una mujer ".

Hubo una pausa y pudo sentir a Harry pensando en el otro extremo.

No muchas mujeres estaban dispuestas a comerle el culo a un hombre y Harry tenía un ano particularmente sensible, su lengua tenía la capacidad de hacer que todo el cuerpo de él se doblara y gritara al mismo tiempo.

Sin embargo, parecía que realmente estaba cansado esta noche. Incluso eso no fue suficiente para tentarlo.

"Oh, Becky. ¿No podrías haber llamado a una mejor hora?

"Me pondré mi correa. Te daré una larga y dura follada ¿Eso es lo que quieres, Harry? Una. Larga. Dura. Follada."

Harry sonaba nervioso y agitado cuando respondió.

Becky sabía que a él se le había puesto la verga dura como una piedra bajo las sábanas ante su explícito y asqueroso coraje.

Pero no importaba con qué intentara tentarlo, él parecía que no se iba a mover.

"Lo siento, Becky. Voy a tener que pasar. ¿Qué tal el viernes por la noche?

Becky vio el cenicero en la mesa de café y aplastó su cigarrillo.

"Eres igual que todos los hombres, ¿verdad? Crees que voy a ir corriendo cuando tú digas. Bueno, ¿sabes qué, Harry? Puedes joderte tú solo. Esa fue tu última oportunidad y la acabas de arruinar ".

"¿Qué ... Becky?"

"Adiós, Harry. Sueño profundo si puedes. ¡Coño! "

Colgó de golpe el teléfono en el receptor.

Becky se sentó en la cama por un momento, su corazón acelerado, su sangre hirviendo, un millón de pensamientos diferentes compitiendo por la precedencia dentro de su cabeza.

¿Cómo podrían hacerle esto?

Una y otra vez.

¿Y por qué ella seguía dejando que lo hicieran?

Cayendo en la misma vieja trampa una y otra vez.

Ella sabía lo que dirían los psiquiatras.

No te valoras lo suficiente.

¿Cómo puede esperar recibir respeto cuando ni siquiera se respeta a sí misma?

Bueno, eso es fácil de decir para ellos.

Quieren saber lo que es sentirse una puta que deja que los hombres usen su cuerpo como si fuera un trapo sucio.

Una madre que se iba a joder con sus novios y dejaba a su hija sola en casa, fría y hambrienta sin nadie quien la quisiera.

Una mujer que la convenció durante años de que su padre no la quería.

Que los había abandonado por su culpa.

Cuando la verdad fue que él se fue intimidado por la sumisión a la que era sometido por ella y demasiado aterrorizado para regresar a su reino de terror.

Becky hundió su rostro en sus manos y dejó que las lágrimas inundaran sus palmas.

Me dejaste, papi.

¿Cómo pudiste dejarme con esa perra psicópata?

Ella se sentó y se obligó a sí misma a que las lágrimas se detuvieran.

La tristeza se convirtió en enojo como el cambio de un interruptor.

Su padre fue un jodido cobarde.

Como todos los hombres.

Caminaban controlados por las bolas que se columpiaban entre sus piernas, pero no tenían las agallas para usarlas.

Sólo una mujer podía hacer eso.

El dolor era demasiado.

Becky necesitaba sexo.

Era lo único que la calmaría.

El sexo calmaría el dolor que sentía por dentro.

Dolor por no ser amada y por ser rechazada, que le hacía sentir como una puta sucia y desechable.

Durante unos breves momentos, un beso apasionado, un impulso lujurioso que la llevara al orgasmo, y se sentiría sanada.

Todo bien de nuevo.

Amada.

El único problema era que se había convertido en una adicción.

Y una vez que todo había terminado, después de que los hombres se marcharan y regresaran con sus esposas o a la siguiente mujer dispuesta a abrir sus piernas, ese lugar oscuro volvería.

Hasta la próxima solución.

Becky no podía soportarlo más.

Ya era suficiente.

Esta vez alguien iba a pagar.

# CAPÍTULO III

La venganza es dulce.

O eso dicen.

Becky reflexionó sobre esto mientras se cepillaba el pelo largo y negro en el espejo del tocador.

Estaba desnuda, aparte de un par de bragas negras adornadas con un pequeño lazo rojo.

Sus senos de cuarenta y tres años eran tan firmes como los de una mujer diez años menor que ella.

Era uno de los aspectos positivos de no poder tener hijos.

Ha mantenido su figura y sus esplendidos encantos durante más tiempo.

Cuando las cerdas del cepillo se deslizaron por su cabello, experimentó una calma que no había sentido en años.

Algo finalmente se estaba generando dentro de ella.

Ya no será más una víctima.

Ella estaba luchando.

Ella iba a ser una guerrera.

Seleccionó una barra de lápiz labial rojo oscuro de su maquillaje y se la aplicó con cuidado a los labios, agregando un poco de plenitud dando un milímetro extra alrededor del borde.

El color complementaba su cabello oscuro y su piel aceitunada, dándole un aspecto ligeramente mediterráneo que no podría haber estado más lejos de su herencia británica.

Ella tuvo que admitir que se veía bien.

Ella podría tener un poco de aspereza en la voz por tantos cigarrillos y una infancia de mierda, por no mencionar la bebida, pero sabía cómo presentarse para tener sexo.

Ella había aprendido esa habilidad de su madre, y cuando se dio cuenta de cuán duras eran las chicas del norte, también había aprendido a usarla para su beneficio.

Las chicas sexy tenían poder.

Podrían controlar a los hombres con sus cuerpos, su aroma, y una mirada provocadora.

Cuando Becky lo meditó, se dio cuenta de que era lo que le había permitido sobrevivir durante tantos años.

Se levantó y caminó hacia el espejo de cuerpo entero.

Inclinando su cabeza a un lado, ahuecó sus pechos.

Hizo un mohín con sus labios recién pintados.

Sí, se veía lo suficientemente buena para comer algo apetitoso.

Y para comerte también, pensó con una risa sensual.

En la cama había un vestido rojo.

Corto.

Muy provocador.

Escote bajo para mostrar sus tetas.

Ella deslizó sus pies descalzos en él y lo subió a lo largo de su cuerpo.

Mirándose en el espejo, ella se dio la vuelta y lo abrochó.

Admiraba la tela sedosa, arrugada en las caderas, lo que acentuaba su forma típica de reloj de arena.

Junto a la puerta había una hilera de zapatos de tacones.

Becky se acercó y deslizó sus pies en un par rojo.

El color de esta noche era escarlata.

Rojo por sangre y asesinato.

# CAPÍTULO IV

El taxista se detuvo afuera del club.

Becky notó que había dos gorilas junto a las puertas.

Pagó al taxista y salió a la calle iluminada por la luz de la farola, el aire suave tocando sus hombros desnudos mientras la música del club golpeaba bajo sus pies.

Cerró la puerta del taxi y caminó hacia la entrada, colocando la correa de su pequeño bolso rojo sobre su hombro.

*Lugar de Encuentro* era un moderno club de caballeros que había aparecido en la ciudad hace un par de años.

Hombres de todas las edades iban allí con sus trajes más modernos, empapados en botellas de loción para después del afeitado, tratando de atraer a las chicas del norte que acudían a su olor como perras en celo.

Becky no era la excepción.

Pero esta noche tenía su mente puesta en un hombre en particular.

El lugar era una colmena de actividad, ocupada para una noche de mitad de semana.

Una cantante estaba actuando en el escenario en un lado de la sala y el bar en el otro estaba lleno de los tipos más viejos encorvados sobre vasos de cerveza.

Hombres y mujeres se sentaban en una gran área llena de mesas en el centro de la sala, charlando y mirando hacia el escenario.

Becky se dirigió al bar y llamó a un apuesto joven barman con un corte de pelo estilo pico de viuda.

"¿Ricky está aquí esta noche?", Preguntó ella.

El camarero asintió. "Atrás."

Becky le dio una sonrisa y se alejó del mostrador, notando que los ojos de los hombres más viejos se habían movido de sus bebidas a ella.

Se aseguró de que tuvieran una buena vista de su trasero mientras desaparecía por un corredor que conducía a las oficinas en la parte trasera.

Ricky Morris era el dueño de cinco clubes nocturnos en el área de Maine.

Había ganado su dinero a partir de unos tratos poco fiables en los años noventa y abrió la cadena de clubes de caballeros que había sido un éxito instantáneo con los muchachos juguetones del Norte.

También era conocido por trabajar con strippers y prostitutas, proporcionándoles clientes y recortando sus ganancias.

Becky lo conoció hace dos años en el lanzamiento de *Lugar de Encuentro*.

De todas las mujeres atractivas y chicas guapas que estaban allí esa noche, era a ella a quien se había acercado.

Tal vez reconoció algo de sí mismo en ella, un rasgo masculino que apelaba a su naturaleza ambiciosa y emprendedora.

Una mujer que no se inclinaría ni adularía por su dinero y buena apariencia.

Una mujer que jugaría duro para obtener lo que quería.

Becky llamó a su puerta, pero no esperó una respuesta.

Al entrar en la habitación, vio un destello de carne y olió el inconfundible aroma del sexo.

Una mujer de veintitantos años yacía sobre el escritorio, con los pechos desnudos expuestos a través de un vestido que todavía estaba envuelto alrededor de su cintura.

Ricky la estaba follando desde una posición de pie, pantalones negros alrededor de sus tobillos, el sudor brillando sobre su cabeza afeitada.

Volvió la cabeza ante la interrupción.

"Joder." Se apartó de la mujer y Becky vio su gran polla, inflamada por la excitación, resbaladiza con el jugo de la mujer.

Cuando vio quién había entrado en la habitación, suspiró, se inclinó y se subió los pantalones.

La mujer en la mesa cubrió sus pechos, tratando de ocultar su vergüenza con una risa sensual.

Pequeña zorra, pensó Becky, caminando sin vergüenza dentro de la oficina.

Ricky se estaba abrochando el cinturón de cuero alrededor de la cintura cuando movió la cabeza para que la chica se fuera.

Aun cubriendo sus pechos, se deslizó recatadamente de la mesa, tomó los zapatos de tacón y salió de puntillas de la habitación.

Ricky caminó alrededor de su escritorio, mirando a Becky de reojo, con el rostro enrojecido.

Se sacó un pañuelo del bolsillo de la camisa, se enjugó la frente y metió la mano en un cajón para recuperar una pitillera plateada.

"¿A qué debo el placer?", Dijo, abriendo la caja y sacando un cigarrillo de colores.

Le ofreció uno a Becky.

Ella mantuvo sus ojos en él mientras caminaba hacia el escritorio y tomaba uno de los cigarrillos.

Era escarlata.

"¿Comprobando la calidad de la mercancía de nuevo?", Dijo, colocando el cigarrillo rojo entre sus labios.

Ricky entrecerró sus agudos ojos azules mientras encendía su cigarrillo y luego sostenía el encendedor para encender el de Becky.

"¿Cuál es tu punto para interrumpirme, entrando aquí sin avisar?"

Becky aspiró un poco del cigarrillo encendido.

Ella expulsó el humo que se arrastraba hacia el techo en un delgado hilo.

"Veo que has estado ocupado últimamente."

Ella miró hacia la mesa con una sonrisa.

Las impresiones de sudor donde habían estado las nalgas de la mujer todavía estaban presentes en la superficie del vidrio.

Ricky se sentó pesadamente.

Becky casi podía oír su corazón acelerarse, la sangre todavía bombeando alrededor de su cuerpo de la sesión sexual interrumpida.

Él la estudió con curiosidad.

"¿Ya terminaste?"

Becky negó con la cabeza.

"¿Entonces qué? Noto algo diferente en ti ".

Becky echó hacia atrás su pelo y miró la pecera grande que brillaba detrás de la cabeza de Ricky.

Peces grandes en un estanque muy pequeño, pensó con ironía.

Él podría tener dinero y poder sobre las mujeres, pero sentado allí en su silla sin tener ni idea de lo que estaba por suceder, era tan débil y patético como cualquier otro hombre.

"Supongo que debe ser por el clima del mes", dijo secamente.

Se quitó la bolsa del hombro y la colocó con cuidado sobre la superficie de vidrio que estaba sobre la mesa.

Ricky miró sus movimientos con interés.

Caminó alrededor del escritorio y posó sus nalgas en su borde duro.

Ricky hizo girar su silla, se inclinó hacia atrás y la estudió.

"Estás con ganas", dijo con atención.

"¿Cuándo no lo estoy?", Respondió ella.

Ricky sonrió.

A él le encantaba eso de ella.

Ese apetito audaz y dispuesto para el sexo.

Especialmente de una mujer.

Lo puso duro en segundos. Becky esperó a ver que su polla volvía a despertar mientras movía su cuerpo para mostrar sus pechos.

"Eres una puta", dijo Ricky. "Nada te detiene, ¿verdad? Ni siquiera segundos descuidados en una pequeña zorra.

"Ella era solo el aperitivo. Yo soy el plato principal. El sexo real."

Becky se subió el vestido por el muslo y deslizó los dedos entre sus piernas.

Se había quitado las bragas antes de salir de la casa, así que tenía fácil acceso a los labios desnudos que tenía entre las piernas.

Miró a Ricky y tomó otra chupada del cigarrillo.

El bulto que seguía creciendo en sus pantalones le dijo que planeaba estar dentro de ella en segundos.

Su coño se humedeció ante el pensamiento, intensificado por el conocimiento de que esta vez la satisfacción sería más dulce que cualquier otra.

Puso sus manos sobre la superficie de vidrio, dejando huellas pegajosas de su coño almizclado, y maniobró hasta posicionarse directamente frente a Ricky.

Puso ambos talones en los brazos de la silla, abriendo las piernas para darle la vista completa de lo que tenía entre sus piernas.

La excitación brilló a través de los ojos de Ricky mientras miraba hacia abajo y veía el dulce oculto debajo del pequeño vestido rojo.

"¿Qué se supone que debo hacer con eso?" Dijo sardónicamente, levantando su ceja.

Con los codos sobre la mesa, Becky aún logró fumar mientras respondía con una sonrisa sensual.

Sin palabras.

Ricky apagó su propio cigarrillo aplastándolo sin vergüenza sobre el cristal.

Respiró a través de sus fosas nasales, tal vez para obtener un sabor perfumado de lo que vendría, empapando sus largos dedos frente a sus hermosos labios.

"Voy a comerte hasta que tu coño gotee en mi boca".

Becky sintió un hormigueo en la vulva mientras apretaba los músculos.

Ella siempre había amado a un chico al que le gustara comer coño.

Ricky estaba feliz de saturar su rostro en su jugo, haciendo cosas con su lengua que lo enviaran a otro lugar.

Sería la forma más humana de irse, pensó.

Un miedo eufórico.

Sus grandes manos tocaron sus rodillas y separó sus piernas aún más.

Becky lo miró con una fascinación sombría, evaluando la excitación en sus ojos acerados.

Se pasó la lengua por los labios en broma.

Becky sonrió a sabiendas.

Entonces, antes de que ella pudiera hacer otra cosa, su cabeza estaba entre sus piernas y su lengua caliente y húmeda estaba abriéndose paso dentro de ella.

La cabeza de Becky cayó hacia atrás mientras jadeaba de placer.

"Oh, joder".

Ricky movió su cabeza vorazmente, lamiendo su carne pegajosa.

Comer, probar, respirar su olor almizclado.

"Delicioso", Becky lo escuchó decir con su profundo acento de Vermont.

Ni por asomo iba a saborear algo tan delicioso como su dulce venganza, pensó.

Ricky bajó la cremallera de sus pantalones y sacó su polla, masturbándola con movimientos rápidos y duros de su muñeca.

Becky se preguntó brevemente si él prefería su coño al que había estado follando minutos atrás.

Entonces ella decidió que ya no le importaba.

Todos los hombres eran iguales.

Tontos del culo que abusan de putas y chupan coños. Incluso si tuvieran la capacidad de enviarte a lugares que nunca supiste que existían.

¡La lengua de Ricky era divina!

Becky miró hacia abajo y vio el brillante y redondo cuero cabelludo subiendo y bajando.

Este era su momento.

Tomando aliento, hizo una pausa por un momento, luego juntó sus muslos en un movimiento rápido, cerrando el cuello de Ricky entre sus piernas.

Él se atragantó e intentó alejarse, pero fue en vano.

Becky metió la mano en el bolso rojo y sacó un cuchillo.

Ella agarró la empuñadura con ambas manos y la levantó por encima de la cabeza de Ricky.

Él continuó balbuceando, agarrando sus muslos para abrirlos.

Pero ella no pudo hacerlo.

Ella no podía dejar caer el cuchillo sobre su cabeza.

Ahora que el momento estaba aquí, ya no parecía una fantasía.

Se sentía como una pesadilla.

Ella no era una asesina.

Ella no podía convertirse en algo que no era.

La habían matado por dentro y ella los despreciaba por eso, pero matar a sangre fría la convertía en otra cosa.

La hacía a ella ser menos que ellos.

Becky liberó la presión de sus muslos sobre la cabeza de Ricky.

Salió de la trampa, jadeando y frotándose el cuello.

"Loca puta perra", gritó. "¿A qué estás jugando?"

Becky ya había ocultado el arma en el bolso antes de que Ricky escupiera su ira.

"Pensaba que te gustaría probar algo un poco duro", jadeó, haciendo todo lo posible por ocultar el miedo en su voz.

Ricky apartó sus piernas y se levantó.

"¡No podría respirar!"

Becky jugueteó con su vestido y bajándose de la mesa de vidrio.

Mientras estaba de pie, notó la expresión de duda en los ojos de Ricky.

"Oh, vamos", dijo ella. "Fue un poco divertido".

Consiguió mantener una sonrisa mientras su corazón latía frenéticamente dentro de su pecho.

Ricky no dijo nada, buscando en sus ojos algún tipo de engaño.

Él sería el único que tendría sangre en las manos si supiera que ella había planeado matarlo.

Becky caminó hacia él y se inclinó cerca de su rostro.

Ella besó su mejilla ruborizada, dejando su labio escarlata impreso en su piel.

"Ya he tenido suficiente por hoy. Me iré mejor", dijo ella.

Levantó su bolso de la mesa y caminó hacia la puerta.

Podía sentir los ojos de Ricky clavados en ella.

Penetrante.

Acusatorio.

"Espera", dijo.

Becky se detuvo.

Su corazón se congeló.

Lentamente se dio la vuelta.

El contorno oscuro de Ricky estaba bordeado por el brillante resplandor del agua de la pecera mientras esperaba que hablara.

"Querrás tu dinero", dijo.

Becky frunció el ceño.

"¿Qué dinero?"

"Siempre pago a mis chicas favoritas".

Becky estudió sus ojos.

¿Qué estaba haciendo él?

"Nunca lo has hecho antes".

"Ya es hora de que lo haga".

Cogió un talonario de cheques del escritorio.

Sacó un bolígrafo del bolsillo de su camisa y garabateó algo en de él.

Cuando se lo acercó a Becky, sintió que le picaba el cuello.

Ricky le dio el cheque.

Becky lo tomó y miró la cantidad.

Cuarenta mil dólares.

Ella palideció y miró a Ricky con incredulidad.

"Por servicios debidos", dijo.

Becky miró hacia atrás a la figura fuerte.

Cuarenta mil dólares.

Pagaría su hipoteca.

Ella podría conseguir un auto nuevo.

Salir a flote.

Comprar ropa nueva.

Zapatos de diseño.

Ricky no sonreía mientras la miraba estudiar el cheque.

La mirada que le dirigió fue de preocupación.

Becky miró nerviosamente sus ojos azul acero.

Él sabía que ella había intentado matarlo.

Él la estaba pagando.

Toma el dinero, déjame en paz, no vengas.

Ella no quería decepcionarlo.

Se las arregló para sonreír y luego se volvió para salir de la habitación, su mano temblorosa aun sosteniendo su nueva fortuna.

# FIN

# DESEO SEXUAL
# ERIKA SANDERS

Mi amor, quiero que te sientes frente a tu computadora y muestres una imagen, una pieza visual, como un coño.

No la cara y el cuerpo, solo las rodillas dobladas y las piernas abiertas.

Con unos largos y hermosos dedos elegantes que separen los labios vaginales ligeramente.

Imagina que entro y me siento sentado en este escritorio completamente vestido.

Pero como tu silla tiene brazos, coloco mis pies vestidos con zapatos de cuero negro de tacón alto, envoltura hasta el tobillo y puntas puntiagudas a cada lado de ti.

Te echás hacia atrás y sonríes y yo me recuesto sonriendo tambィén.

Levanto mi delgado vestido negro y sedoso y ves que me faltan las bragas y el brillo de mi humedad en mi rajita ya se nota.

Verás la punta de un corsé negro al que también están unidas las medias.

Levanto mi vestido con ambas manos hacia arriba, lo paso sobre mi cabeza y te descubro el corsé de cuero de solo unos pocos centímetros de ancho.

Mis pezones están erguidos y altos mientras sobresalen por la parte superior.

Te inclinas, pero estoy yo aquí para jugar contigo y uso mis zapatos puntiagudos para mantenerte dónde estás.

Veo una polla notablemente creciente que necesita salir de sus pantalones y te pido que los desabroches.

Paso mi lengua por mis labios en toda su longitud, sonriendo, mientras deslizas hacia abajo los pantalones.

La cabeza de tu polla sobresale de tus boxers y también ésta tiene un poco de demandante brillo.

Está así por una buena razón.

Esta vista de tu polla erecta me enciende de repente y te pido que me lamas.

Te inclinas hacia adelante y lo haces, separando mis labios ligeramente para buscar mi clítoris.

Lo tomas en tu boca, por lo que sobresale un poco más.

Solo necesitaba ese toque de tu lengua para ponerme a cien.

Mientras me acomodo, te pido que tomes tu polla con tu otra mano y te la acaricies ligeramente.

Lo haces, pero puedo decirte que necesitas más, esto no es suficiente.

Te obligo a ponerme de rodillas para tomarte de lleno en mi boca, alternando en lamer de la base a la parte superior, de arriba a abajo y volviendo a las bolas, lamiendo el interior del lugar donde se encuentra la entrepierna.

Te gusta lo que ves cuando estoy arrodillada, mi culo está tan delgado como unos pocos centímetros de ancho y mi ano se muestra ajustado y acogedor.

Vuelvo a levantarme porque me estoy acercando demasiado al clímax.

Te pongo de pie y los pantalones bajan más allá de las rodillas.

Sigues con los zapatos puestos, la corbata aún atada pero la camisa desabrochada hasta abajo.

Me encanta necesitar ver tanto como pueda de tu piel.

Ahora que estás de pie te pido que me des la espaldas.

Que abras las piernas lo suficiente como para arrodillarme detrás de ti.

Mi lengua te lame tus piernas, lamiendo tus bolas y hasta la rajita de tu culo, lamiendo y girando lengua alrededor de tu ano.

Saco de mi bolsa un vibrador y le pregunto si puedo usarlo en contigo, pero antes de que contestes, te lo pongo contra la piel.

Con mi boca he ido dejando saliva en todo tu culo para que tengas lubricado todo.

Lo pongo a baja velocidad y lo paso por tus bolas y entre las bolas y tu agujero del culo.

Mi otra mano pasa por entre tus piernas y agarra tu polla, acariciándola y avivándola.

El vibrador se siente bien en tu culo.

Lo pongo al lado de tu ano y deslizo una de las dos puntas, la delgada, que es mi favorita también.

Ésta se desliza hacia adentro y pongo la otra punta más hacia el centro, detrás de tus bolas, nuevamente, viendo cómo la sensación te lleva a otro nivel.

Tus manos están agarrando el escritorio y tus ojos están cerrados cediendo a lo que yo quiera hacer.

Pero me quedo así, acariciando un poco mientras dejo que el zumbido te haga preguntarte qué pasará después.

Me detengo abruptamente y te digo que te des la vuelta.

Lo haces y tu cara está sonrojada.

Estabas disfrutando mucho esto y acercándote al estado que quieres.

Pero prefiero bajar el ritmo para llevarte de vuelta a mi boca.

Estoy tan caliente como el Infierno y estoy perdiendo un poco de control.

Así que te hago sentar de nuevo y me arrodillo frente a ti y te pido que te acaricies, pero despacio.

"Acaríciate mi amor".

Mientras me arrodillado frente a ti y me recuesto sobre mis talones.

Enciendo el vibrador y lo froto en el exterior de mi vagina, sobre el clítoris.

Esto me lleva menos de un segundo para alcanzar el orgasmo.

Tengo las piernas y las rodillas abiertas y echo la cabeza hacia atrás, extendiendo mi coño con las manos queriendo que veas los músculos de mi orgasmo moviéndose.

Sostengo el vibrador hasta que termino y mis propios jugos se derramen.

Te miro y te estás masturbando, aumentando el ritmo.

Tu ritmo se ha acelerado y es tan excitante que me arrodillo, rogándote que te corras por mi cara y mi pecho.

Y sí, ciertamente, así lo haces.

Veo como salen los chorros de tu leche hacia mí.

Pero, acabas lanzando los chorros a la pantalla de la computadora y sobre el teclado.

Nos despedimos hasta otro momento y apagas la webcam.

# FIN

www.ingramcontent.com/pod-product-compliance
Lightning Source LLC
Chambersburg PA
CBHW060502160726
47992CB00003B/1297